Splat
s'amuse sous la pluie

D'après le personnage de Rob Scotton

 Nathan

Splat est très impatient d'essayer
ses nouveaux rollers.

– Un bel arc-en-ciel !
se réjouit Splat.

– Oh Non ! Toute cette pluie, c'est...

Tout le monde glisse sur les gâteaux,
les flaques d'eau... et atterrit dehors.

Les parents de Splat ont entendu tout ce
vacarme. Ils accourent... et foncent sur
Splat !
Cette fois, les biscuits volent partout.

Mais Splat rattrape l'assiette au vol.
– HOURRA !! Les biscuits au poisson
sont sauvés !

– Oh Non ! crie sa petite sœur.
Mes gâteaux !

Mais... il fonce sur sa petite sœur.

SPLAT !

Les biscuits volent partout !

Finalement, Splat décide d'enlever
ses rollers dans l'entrée.

Le papa de Splat n'est pas content.
– Va jouer dehors ! ordonne-t-il.
– Mais il pleut ! se lamente Splat.
C'est pénible cette pluie !

Mais Splat trébuche...
et tombe par terre.

Splat roule vers la salle à manger.
La chanson à la radio lui a donné
une idée.
– Si on jouait aux chaises musicales ?
propose Splat à Harry Souris.

– Va jouer dehors ! ordonne la petite sœur de Splat.

– Mais il pleut ! se lamente Splat. C'est pénible cette pluie !

Mais... BAM ! il bouscule sa petite sœur...
... et renverse le saladier.

À la radio, Splat entend *Rock'n Roll Cats*.
C'est sa chanson préférée !
Il se met à chanter et à danser.

Tout ce sport lui a donné faim.
Il roule vers la cuisine pour y prendre
une glace. Sa petite sœur est en train
de faire des biscuits au poisson.

– Va jouer dehors ! ordonne-t-elle.

– Mais il pleut ! se lamente Splat. C'est pénible cette pluie !

Il y a des traces de boue partout,
des tâches et une énorme flaque
d'eau par terre. La maman
de Splat n'est pas contente.

Il aménage une piste de course
au milieu du salon. Il roule, roule,
roule de plus en plus vite et...

SPLATCH SPLAT !

Maintenant Splat se demande
à quoi il peut jouer.
– Réfléchis bien mon vieux Splat !
se dit-il à lui-même.

Mais il est encore très humide.
– Tant pis, je vais terminer de sécher
dans la maison, se dit Splat au milieu
d'une flaque d'eau.

Splat rentre chez lui pour se sécher.
Il secoue ses poils. Il essuie ses pattes.
Il essore sa queue.

– Oh Non ! *se lamente Splat.* C'est pénible cette pluie !

Soudain, il se met à pleuvoir.

Avec ses rollers, Splat roule
à toute allure, il tourne, il saute.
Le nuage, lui, se rapproche
et devient de plus en plus gris.

C'est une très belle journée.
Il y a juste un petit nuage gris
dans le ciel.